달빛으로
실을 자아

달빛으로
실을 자아

세화 지음

수밀원

II. 달 없이도 환한

III. 탄생 - 인연

불립문자(不立文字)
앞에서 서성이며

I. 꿈을 깨고

자인 네거리– 비틀즈

비는 내리고

자인 네거리 신호등 빨간불
멈춰선 차 안

비틀즈 노랫가락 신났다

연못이 피워 낸 물안개
쓰레기 태운 연기 적시니

그 연기
비틀즈가 다 마시고는
음률의 폭포로 비 안에
쏟아 부었다

비가 된 노래
노래가 된 비

도리 없이 다 삼킨
물수리 한 마리

음률의 바다
파도에 밀려 날아올랐다

물수리 날개를 적시고
떨어진 빗방울 하나

그예
범람하는 연못

노래로 출렁이는 빗줄기

재 되어 꺼지려는
화녀(火女) 몸 핥아 휘도니

광란의 음표들 들고
흔들리고 있는
비틀즈 네 남자와
천지간의 화간(和姦)이었다

사동 뒷산

아카시아 나무
밤새 바람에 시달리다

아카시아 꽃눈 내리는 소리
가슴 속에 눈부신 흰 길을 내고
이제 막 잠들었다

아직 잠 깨지 않은 어제

구부러진 산길
아카시아 꽃 융단 안돌이[1]
뱀이 몸 뒤틀며
나보다 앞서 지났다

배신이 남긴
자상(刺傷)이 한사코 뒤따르고
나뭇잎 하나 흔들지 않는
바람결에도

---

1 산길 바위를 안고 겨우 돌아가는 곳

아리다

오솔길 끝 모개[2] 아랫턱에
기다리고 있는
뱀과 만난다

꽃 융단 위에서도 아픈
나를 기다리며

뱀이 내가 되었다

허물 벗은 나는 뱀이 되었다

내가 된 뱀과
뱀이 된 내가

아카시아 꽃잎 위로
오던 길 되밟아 나오다
또 다른 나와
또 다른 뱀 한 마리를 지나친다

긴 꿈이었다
짧은 생이었다

---

2 다른 곳으로는 갈 수 없고 꼭 거쳐야 할 길목

운문 댐

그제 내린 비에도
운문 댐 목마르다

물이기 이전

오솔길 구비 돌아
전설처럼 거기
운문사 가는 길

햇살 던지며 노는
순둥이 흰둥이와
눈 맞추며 그때
마른 땅에 나도
다정한 발자국 찍어놓았다

좁다란 골목길에
초가지붕 낮았고
전봇대 높았다

소나물 울울했다

허름한 돈사
부서질 듯
돼지들 요란하고

소란에 쫓겨 급히
냄새 하나 물고
제비 높이 날아올랐다

빈 새참 광주리 이고 돌아오는
고단한 아낙 발부리 순둥이가 핥고
구부린 등은
둥실한 초가지붕이 안았다

소나무 도열했던 좁은 길을
그 아낙이
여전
광주리 이고
어디론가 가고 있다

목마른 아낙

멀리 나서기도 전에
그예
물속에 삼켜졌다

한 방울 비에도
뿌리까지 흔들며
춤추던
수억의 이파리도
떠나지 못했다

잔인한 평온으로 고요한 물속

햇살 하나
수억의 이파리와 함께
물결에 흔들리며
아낙을 찾아 나선다

물속의
좁은 길
낮게 엎드린 초가 마을
뒤꼍 허물어진 울타리 위
고개 쳐든 해바라기

다
만났지만

흔적 없는 아낙

바람이 불고

줄장미 꽃 이파리 하나
아낙의 목마름 싣고
떠다니는 붉은 섬이 되었다

달빛으로 실을 자아

해를 삼키고 누운
바닷가에 앉아

긴 사선(斜線)으로
달빛 끊어
실을 잣는다

초승달이 되도록
달을 풀어
실을 잣는다

음계를 밟고 내려오는
어둠 소리 아프고

해를 삼킨 바다

뜨거움으로
일렁이는데

길고 가는
달빛 실
날카로운 이 돋아
허공을 물고

허공에 걸어놓은
날파리의 하루

여기 바위 옆에 와 눕는데
200만 년 걸린
별빛보다

너는 멀어

밤새
달빛 풀어
잣는 실로

네 마음
건질 그물 하나
짤 수 없다

기다림

또
비
내리신다

어제의 비는 아니어도
기억 저 너머 언덕에서부터 내리는 비

지상에 없는 그가
듣지 못하는
빗소리로 내리는 비

팔만사천 대해의 물
오늘 저녁쯤
그에게 닿아

그의 손

허공 속에

열 개의 손가락
돋아나

반 꺾여진
손톱으로라도
기타 줄 튕겨

안단테로
떨어지는 음률
속 깊이 심어지면

유선(乳腺)처럼 가슴 속
수만 개 실핏줄 뻗어나

그가 한 점 떨어뜨린 뜨거운 숨 받아

샘으로 터질 것을
꿀로 흐를 것을

헛되이 내리시는 비

꽃잎 하나 적시지 못해
그가 듣지 못하는 빗소리

한 음계 낮춰
온몸에 두르고

북촌 막다른 골목 어귀에서
다음 생을 기다린다

너무 이른가

오랜 기다림 끝의 마중은
언제나 홀로 바쁘다

하조대

깨지 않는 잠 자고 싶다

뒤척임 없는 잠

1,000해리 바다 밑 속
윤회마저 부르러 내려올 수 없는 곳

허적의 끈 50년 허리에 튼실히 묶여
제 무게에 자꾸자꾸 주저앉는데

이제 잠들고 싶다

바라보기에도 무서운 어둠이 일렁이고
일상의 이빨 으르렁대며
착(着)의 동심원으로 여러 겹 사지를 묶었다

나도 모르게 예까지 왔노라
변명은 파도에 쓸려 넘어지고

비늘 덮인 모래톱 발톱을 후비면
오관 열고 몸이 드는 바다의 부름

내
말
좀
들
어
봐

목쉰 괴성 파도에 먹히고

기억을 뭉쳐 안은 바위
파도 내려치면 더욱 솟아나

제 몸을 부순 기억
바다에 풀어 물고기를 먹인다

쓴 기억 뱉어내고
세상의 불 끄지 못하는 바닷물에
기억 한 조각 물고

또
제집 지으러 돌아가는 물고기의 유영(遊泳)
가슴에 물길을 낸다

따라 들어갈 수 없는 길

어느새 살진 그들 수런거림이
들어서서 빗장 지르고

기억이 빠져나간 과거 한 장 무게로는
그들을 쫓아 나서지 못한다

꿈 없는 잠 자고 싶다

낮에 잘려 나온 빛의 조각들
찾아오지 않는 곳

기억이 건드리지 못하는 잠 자고 싶다

시를 쓴다

시를 쓴다

울음인지 노래인지
시를 쓴다

아들 방에서 슬쩍 들고 나온 CD
Atomic Kitten, 딸 같은 처녀들 목소리

50년 살며 만난 사람 모두보다 더 울린다
더 어루만진다

그녀들 살 속으로 파고 들어가고 싶다
그녀들 목소리에 죽임당하고 싶다

그녀들보다 더 젊어진 귀
더 아름다워져 더 흐느끼는 노래가 된다

더 요요(姚姚)한 몸뚱이가 흔들리는데 미친 여자

머물 한 조각 공간 없어
내려앉을 수 없다

누구 손 내밀어줘요
작은 섬돌 든든히 디뎌 내려서고 싶어요

밤새 부는 바람에도
깊은 잠 자고
반짝 눈 떠 순하게 웃는 여자로
하루를 열고 싶어요

떠는 음률 하나 안을 줄 모르는 석녀(石女)라도
섬세하게 매만진 마스카라로 깊은 음영 드린 눈
살포시 내려 뜨고 그이 부르고 싶어요

그가 떨어뜨려 주는 부스러기로 살진 육신
짐짓 새침하게 도톰한 입술 다물어
그이 애간장 타게 하고 싶어요

그런데 흐느끼며 흔들리는 몸
유두에 절절하게 피는 꽃
고였다 터져 흐르고 또 고이는

이것 어쩌나요 숨길 수 없어요

누가 이것 핥아 읽어주어요
불덩이 삼켜 대신 타올라 주어요

젊은 그녀들 노래한다

몸으로 시를 쓴다
울음 같고 노래 같은 시를

늦매미

1.
때늦은 매미 울음

발 딛고 겨우 선 땅 한 조각마저
거둬 욕설로 끼얹는다

흙냄새

이루지 못한 인연의 습(習)
가지 뻗어 목 휘감는다

가지 부여잡고 흐느끼고 싶다
엉긴 가지 풀고 싶다

개미들 의젓한 행보, 살아보니 그건 아니라며
줄지어 등 보인 채 북쪽 땅으로 떠났다

내게 건너오지 못하고
거기 계시처럼 줄 긋고 선 햇살

매미 울음 들끓는 방 문턱 넘지 않는다

2.
30도나 더 동남으로 기운 햇살
어쩔 수 없다며
매미 울음
통째로 늦은 아침 던져놓고
그들끼리 살갑다

어간재비[1]로 내 눈을 가리고
매미, 날개 비벼 개미를 불러들여
살강을 매서는
오래 햇볕 쬐지 못해
늘어진 시간의 먼지들을 얹는다

그렇게 늦여름 가고 반세기 지났다
아무 일도 일어나지 않았고

도정에 아무도 없었다

---

1 사이를 가로막아 주는 물건

새 벽

새벽 홀로 잠 깬다

죽음 같은 잠에 붙들린 생명
불려나와
습기 밴 이부자리 개었다

섬겨야 할 세상 질서 끈을 놓지 못한 채
칸칸이 잠들었던 생명들인데

건드리지 않아도 사방을 찌르는
어둠 한입 가득 물어
벌린 심연 속
암죽처럼 여명이 흘러든다

인연의 신경 줄 회로에 번쩍 불 켜지면
기억나지도 않는 뱃길
일엽편주 뜨고

잘못했어요

이쯤에서 내려주면 안 될까요
다시는 삶을 엿보지 않겠어요
다시는 그를 그리워하지 않겠어요

빛을 토해내겠어요
어둠을 돌려주어요

꿈을 깨고

천칭 저울대에
우주 얹혔다

그가 손짓한다

한 꺼풀 살 껍데기
허공에 벗어 걸고
우주 문을 열어
나선다

발자국 하나

어둠이 빛을 먹었다

우주 폭발음 무수히 듣고
겁도 없이 들어선다

우주 궁륭에 그네 매달려

천만 년
저 혼자 삐걱이며
나그네를 기다렸다

아무도 닿지 못하는 기슭까지
삐걱이는 소리 혼자 다다랐다가
되돌아 나오며 정수리를 친다

꿈을 깬다

해 만나러 가는 길

해를 만나러 떠났다
서해 어디쯤 산다는 해를 만나러
무작정 떠났다

채 다 쌓지 못한 담벼락 옆에
땀 한 동이가 끓고 있는

바닷가 네거리에서
이정표는 끝나는데

해는 거처를 남기지 않았다

수초 따라 흔들리는
식은 심장 옆에 끼고
무모한 오늘의 발길
뉘우쳐도

돌아갈 길마저

물결 되어 흔들리고

무게만큼 깊어진 돌들이 서로 몸 비벼
아무도 따라 부르지 못하는 노래가 되었다

해 만나러 가는 길
해는 만나지 못하고

한 해 농사지으러
경운기 줄지어 기어드는 갯벌

먼 수평선
어부의 아낙이
바닷속 어둠을 굴리며 부르는
노래를 들었다

답 없이도 고운 태초의 노래
해 없이도 따스한 돌들의 노래

오 늘

구들장 켜켜이 접어 넣은
기억을 베고 잠들던
어제까지가
문득

낯설어졌다

운문댐 아침

안개와 물이 해를 녹이고 있었어요

만곡(彎曲)의 아스팔트로 둘러싸인 채

아스팔트 위 초로의 여자가 그들 포옹을
시샘하는 시선까지
녹이고 마네요

태양 빛 물 위에 쏟아놓은 듯
금빛 물고기 황홀히 퍼덕이는데

여기 주저하는 발길
되밟아 나가는 여자
뒤돌아보는 시선 밖으로

물수리, 보란 듯 금빛 튀기며 솟구쳐
바다를 만들어놓았어요

요술처럼 물수리
안개에 먹히고

너무 담담해
막막한 물결 위에
아침이 일어날 줄 모르고
엎디어 있으니

걸어 들어가야 할 하루는
열지 못하고
젖가슴까지 젖어드는 물안개
너무 무겁겠어요

정절한 무사로
호위하고 선
저 먼 검은 산까지

어제까지의 삶이 파도로 다다라
그녀 부르고 있는데

홀로 비틀거리는 아침
아무도 안아주지 않아
힘겨운가 봐요

이제 시작할 아침과 어제 사이
너무 멀어
그녀가 어지러운가 봐요

풀잎이 떨구는 무거운 이슬은
이제
어디로 젖어들면 되나요

바다로 가세요

물안개와 해의 화간(和姦)이 눈부셔
차마
바라보고 있다는 기척도 못하고
숨 고르고 있는 아침을 깨워 문 열고

바다로 걸어 들어가세요

먼 산이 안을 준비를 하고 있는 게 보이지 않나요

그렇게 아침이 열리고
그렇게 삶이 닫히는 것이

8월의 달

구새 먹은[1] 목백일홍

호법신장 눈 부릅뜬
마당 한가득
괭한[2] 달빛

일부러 꿈 만들어
질게 베고 누운 밤
비몽사몽 젖어든다

너무도 조용한 내일의 죽음이 될
배때 벗은[3] 삶들
밤으로 잠자게 두지 않고
수많은 가로등 세워 불침번 삼은 소돔의 도시

---

1 나무의 속이 썩어 구멍이 난
2 맑고 투명한
3 언행이 천하고 거만하고 반지빠른

들레는[4] 불야성 밤이나마 빌어
짧은 생 태우는 매미 울음
밤 내도록 폭음(爆音)으로 뚝뚝 듣으며[5]

이 밤도 수많은 생명들
우주 밖 직선으로 길 가리켜 보이면서
죽음 향해 떠나기 위해

아무도 들춰보지 않는
수만 겹 은결들린[6] 수의 입혀져
어떤 울음도 길게 배웅하지 않는
간이역 떠났다고
간정되게[7] 전해왔다

지상에 남겨둔 신발 한 짝에
여전 마음 쓰고 있는
주검 실으러

결곡한 보름달

_____
4 야단스레 떠드는
5 눈물, 빗물 띠워 액체가 방울저 떨어지다
6 원통한 일로 남모르게 속상한
7 진정되게

밤바다에 닻 내리고
황포 휘황한 거룻배인 양
홀로 더욱 표표롭다

Ⅱ. 달 없이도 환한

밤 비행기

별 하나 높이 솟았다

지상의 등대로
두 눈의 불 끄지 못하고
잠을 보채다가

어둔 대해
잠을 찢고
홀로 떠가는 별을 만났다

나도 모르는 나의 출생 얘기를 들었다
천사가 있다고도 했다

어둠이 깊어 따스한 거라고
자기를 보며 외로워하지 말라고

수억의 생명이 자기에게 준 눈빛
내게 다 보냈는데
외로운 건 스스로 만들어 가진 병이라고

이 밤에

수억의 생명

고른 숨 쉬며 꾸는 그들의 꿈
별 속에 파고든 내 눈빛도 거기 있다고

그건 외로운 게 아니라고 했다

깊은 시각
검은 창공에
제 항로를 따라
반짝이는 길 내며

신의 궤적 기억에 꿰고
긴 포획선 긋는 비행기 하나

또 다른 별이 되었다

수백 명의 임시 거처
움직이는 별이 되어

지구별을 의지처로
의심 없이 잠든 채 항해하는
수십억 생명의 잠 속에

등대가 되었다

저녁이 옵니다

저녁이 옵니다
살금살금

바람은 설렁대다
저녁이 오는 것을 보지 못한 모양입니다

바람 사이로 저녁이 스며드는 것이
보이는 시간인데 말입니다

코스모스 몽우리는
햇살 아래에서보다
더 봉긋해졌습니다

이미 둥근 물기로 촉촉해져
내일 아침이면 무거워 기어코 떨어뜨릴
어제의 구름을 모읍니다

허리를 펴고 옷깃을 세우고 소매 끝 흙을 털어냅니다

하루 내 흙 속 곤고한 노동의 징표로
눈은 흙물을 뱉으며
저녁 오는 산과 들을 더듬습니다

시야를 막아서며 지천에 흐드러져
줄무지[1] 놀음에 취했던
코스모스 총천연색 군단도
도열한 채 고개 숙이고 저녁을 기다립니다

갈풍[2] 소리도 초금[3] 소리도 그쳤습니다

해 뜨기 기다리며
저녁 오기 기다리며
욕망은 매일 깃털을 갈고
새 깃을 돋우었습니다

허공에조차 뿌리내리는
욕망을 다독이며

그렇게 60년을 걸었는데

---

1 기생, 놀이꾼, 행상들이 풍악, 춤으로 멋지게 놀음
2 갈대로 만든 피리
3 풀잎 피리

오늘도 자취 없는 세월
돌아보니
걸어온 자취를 지워가며
걸었던 길입니다

그 길 위로 저녁이 걸어옵니다

어제를 꼭 닮은 저녁이
천만 년 전처럼
걸어옵니다

처음인 것처럼 그렇게 옵니다

밤으로 가는 길

또
저녁 의식을 치를 시간입니다

어둠이 저만치서 오는 소리를 들으니
지금이 그때입니다

반원형으로 둘러선 산은
시시각각
암록(暗綠)으로 무거워지고
하늘은 이부자리로 폈던 흰 구름에
회색 물감을 부어가며
이내 검회색 구름집을 지었습니다

고두쇠[1]는 걸리고
넌출문[2]도 닫혔습니다

---

1 장 문짝에서 두 짝의 장식을 끼우는 쇠
2 문짝이 넷 잇달아 달린 문

잠깐 한눈이라도 팔라치면
찰나는 어둠의 병력을 풀어
세상을 삼키고

일순
도리 없이 눈이 멉니다

시선 안에서만 살아오던 몸
블랙홀에 던져지고

어둠의 제국에 갇혀
헤어 나오지 못하면서
구원은 없습니다

어둠에 봉금(封禁)된 대낮의 번다한 말들

의식(意識)만이 명료하게
보이지 않는 불을 켜면서

어둠의 제국에 부복(仆伏)하는 수밖에
다른 도리는 없다고 속삭입니다

밤으로 가는 계단을 밟고 오르며
내밀해져 가는 어둠의
두터운 냄새

곧추 세웠던 대낮의 시간을 접어 지우고

절대적 순명(順命)에서 오는 장엄한 패배
그 치명적인 희열의 순간

반전(反轉)이 있는 절망의 순간을 예비하는
은밀한 기쁨이 이부자리 폅니다

하루의 전투 끝에
투항한 전사는
제대(祭臺)가 된 베개에 스스로를 헌상(獻上)하고

매일매일 치르는
이 황홀한 죽음의 의전(儀典)을 통해서만
내일을 빛을 말을 돌려받음을 알기에

순하고 절대 무능한 아이가 되어
거대한 어둠의 손이

오늘의 문을 닫는 것을 봅니다

그렇게
내일
빛으로 부활될
어둠 한 조각이 됩니다

고 백

실은 오늘 하루 종일 한 일은
바라보기입니다

허공을 바라보았습니다
산을 바라보았습니다

능선을 타고 시선은 급히 미끄러져
계곡에서 길을 잃었는데

땅에 등 대어 곧게 허리 펴고
줄지어 누운 밭고랑을 보았습니다

도도하게 직립한 나뭇가지에 찔려
금방 푸른 물 쏟아낼 것 같은 하늘을 보았습니다

땅을 껴안겠다고
주저앉을 듯
너르고 둥글게 팔 벌린 나무도 보았습니다

내려서서 거둬야 할 가을 작물들
따가운 햇살에 몸 비틀며 말라가고

봄을 물고 와 들판 사방에 뿌리고는
자취를 감췄던 물까치 무리가
다시 드나들며 가을걷이하는 것을 보았습니다

낮달은 이미 저녁을 예감하고
궁창(穹蒼)에 등장할 준비를 하며
창백한 수심(愁心)으로 흔들리는
깃발을 만들어 걸었습니다

시간을 먹으며 창백함은
또렷한 교교함으로

둥싯
투명한 속살을 다 까내 보입니다

해 뜨고 달 뜨는 억겁 사이

아무것도 하지 않은 채
하루가 지났습니다

해 뜨고 달 뜨는 찰나 사이,

바라보기만 하는 사이
한 갑자(甲子)가 지났습니다

허적(虛寂)의 바람 소리만이 지나다니는
깊은 고요 속
의식(意識)만이 살아

허공에 의자 하나 놓고
해를 따라 돌며

그저
바라보기만 하였습니다

강가의 가을 하루– 빨래를 걷으며

아침이면 강가에 선다

높은 산 깊은 골짜기
시간을 굴리던 돌 틈에서 흘러나와

이 먼 곳까지

그저
무연(憮然)히 흐르는 강물이
황록의 추엽(秋葉)을 헹궈내고 있다

빠른 유속의 물속에서
시간을 건져 올린다

막 태어난 시간으로만 뜰채에 담아
가을빛 뚝뚝 떨어지는 채로
밥상에 얹는다

하루의 양식
허덕이며 퍼먹어도 늘 허기진 식사
숟가락마다 담긴 매일의 숙제

하릴없이 헹구고 또 헹군
지난날의 시간들

군살 없이 펴고 또 펴서
휘어진 가지에 널어놓으면

마지못해 불려 나온 가을 햇살
지난 시간 뒤적이며
사이사이 안존하게 들어앉는다

반짝이는 황금빛
비늘 갑옷 둘렀던 하루인데

어느새
잿빛 면도날 해를 찌르고

다 된 저녁
해 질 녘

피를 다 토해낸 창백한 햇덧[1]
해는 버리고

핏물 골고루 밴
지난 시간 속 뒤져

마른 햇살 착착 걷어 집안으로 들인다

---

1 짧아지는 가을날, 빨리 지는 해의 동안

만 남

해와 달을 포식한
불개[1]가 나돌아다니는 시간
밤의 동굴로 들어가 잠이 들었다

축축한 꿈속에서 울다가 매구[2]를 만났다

매구가 자기 꿈 이야기를 했다
천 년 전 꿈속에서 나를 만났다는 얘기

그런데 그를 만난 기억이 없다

이제 곧
어제의 일도 잊는 숨탄것[3]들을 따라갈 나이

여원잠[4]과 쪽잠 사이를 건너다니며
윤회를 거듭했어도

---

1 일식, 월식 때 해나 달을 잡아먹는 동물
2 천 년 된 여우가 변해 된 상상의 동물
3 동물
4 깊이 들지 못하는 잠

그를 만난 기억이 없다

안타까이 허우적대며 꿈마다 거슬러
헤집고 다녀도
기억이 없다

세상을 다 엿보고 돌아온 마칼바람[5]
그예 동굴 안까지 쫓아와
주장자 되어 등짝을 세게 친다

홀연
눈을 떴다

개성 영추산 남쪽 현화사[6]
법경 스님 설법 듣는 여우 한 마리

칠층석탑 댓돌과 덮개돌 사이
미물로 숨어 엎디어
여우와 눈 마주쳤던 천 년 전

일체가 마음 움직임에 지나지 않는

---

5 북서풍. 높하늬바람
6 황해도 개성 장풍군 영추산 남쪽. 고려 시대 7층 석탑. 현재 북한 국보 41호.
   1020년 당시 삼천사 주지 법경 스님 모셔 초대 주지로 삼고 법회를 베풂

허망함을 깨닫는 경지 지나
열반과 생사를 여일하게 드나드는 경지 거쳐
번뇌의 불길을 몽땅 꺼버린 해탈의 법운지 돌탑 되고자

천 년 전 세웠던 서원대로
탑신에 새겨진 부조물 구도자로
우리는 남았지만

천 년의 재주넘기로 나고 죽기를 거듭했어도
여전히 매구는 꼬리를 떼지 못했다

천 년의 포식으로 해와 달을 삼켰어도
여전히 해는 뜨고 달도 떴다

천 년만의 만남이 만 번 계속되어도

우리는 만난 적이 없다

지금 내 옆에서 착한 숨 쉬며
잠들어있는 그대가 된
매구의 꿈속에서
내가 천 년 동안 서성이고 있어도

그는 나를 만난 적이 없다

달의 노래

달이 노래할 시간이다

지상에서 태어난 생명들이 퍼 올리는 노랫가락들
어둠에 밀려 달에 담기면
달이 노래하기 시작한다

부드러운 노래

꼬리와 꼭지
날 선 모서리
때 낀 밑창
다 털어낸 순백의 단조음으로 만든 노래

노래는 바다가 되어 물결이 되어
빛을 타고 다시 지상으로 귀환하고

그 노랫가락 덮고서
지구는 혼곤히 잠들었다

달빛에도 떨리는 나뭇잎

천 길 낭떠러지 가는 잎맥 결을 타고
밤새 창백하게 흐르는 위무의 노래

잠결에도 흘리는 우리 눈물은 노랫가락에 실려
신에게 닿고

신은 눈물의 무게 재어
축복의 노래로 만들어 되돌려준다

그리하여 우리는
허리 잘리지 않은 달의 노래를
밤새 듣는다

꿈결에 만나는 순하디순한 노래
어둠과 함께 듣는

빛의 노래

달의 노래

밤하늘 마당

한밤
커튼을 젖혔다

어둠이 왈칵 쏟아지더니
지구는 사라지고 우주 문이 열렸다

우주 궁창의 별들이 다
하늘 마당에 나와 소곤대느라 요란스럽다

아침입니다— 빛의 축제

소리가 없습니다
빛이 있습니다

두 경계를 건너다니는 공기
한 겹 찢어 내다봅니다

아침이 빛을 데리고 오는지
빛이 아침을 데리고 오는지

밤에 짓눌린
생명들 뒤척이며
선뜻
몸 일으키지 못하는데

구석구석 무명(無明)의 어둠들
이내
일렁이는 빛에 익사합니다

꽃 잎사귀 켜켜
여명(黎明)이 건드려 깨우고

기지개 켜는 이파리 몰래
거미는 꽃 색 물든 빛으로
바림칠[1] 그물을 엮어냅니다

나뭇가지 아래 숨었던 무당벌레들
죄다 아침 조회 불려 나와
햇살이 그어준 줄 맞추고

나비는 젖은 날개 말리며
빛을 따라가는 여정표를 짭니다

땅속까지 헤집는 햇살에 찔린 지렁이
놀라 몸을 떨며
더 깊이 숨어들어도
우주를 흔드는 축제의 노랫가락
기어이 따라 들어갑니다

조금 전까지 무겁게 졸던 생명들

---

1 한쪽에서부터 점점 옅게 칠하는 칠 기법

빛의 술잔을 들여 마시고
빛을 뿜어내며
환희로 가벼워진 반사체가 됩니다

검게 누운 산도
벗은 채 하늘 향한 나뭇가지도
하이얀 구름도
흥건히 빛을 들이키고

삼라만상 신의 피조물들
빛 자체가 되어
날고 기고 걷는
기적의 초월자들이 됩니다

어느 순간
우주 무대 활짝 열리면

신과 빛과 초월자들의 투명체 속
원(願)도 없이 한(限)도 없이 녹아드는
생명들의 향연

아침입니다

불면- 달과의 유희

둥싯, 허공을 들고
달이 나타났다

허공은 거울이 되어
달을 비추고

달은 없던 허공을 내걸었다

달과 허공의 수작(酬酌) 창파(蒼波)에
시간이 노 저으며 떠나가고
어둠이 저 멀리서 뒤따랐다

봉두난발 불면의 머리 빗질에
달빛 조각 흰 소금처럼 뿌려진다

밤에만 융기하는 대지에 누워
허공의 달을 굴리면서도

이때쯤
당연히 편재한
허무 한 조각 묻히지 않았다

샐녘[1]은 아직 멀었어도
달이 저리도 밝아
어차피 잠들 수 없는 밤

세상 위한 비손으로 두 손 모으니

허공은 어느새 바다가 되어
칠십억 마음을 불러들여 따스하게 출렁인다

---

1 날 샐 무렵

장마 뒤

누가 궁창의 문고리를 따주었을까

천상(天上) 비극의 파국
광포한 빗줄기

사흘하고도 또 나흘
다드래기[1] 장단으로
뭇사람들 잠 속을 사납게 헤집었다

꿈길을 다 끊어놓았다

선잠 든 대지의 뺨 모질게 후려쳐
흙탕길 내었다

잠 깬 대지 용서를 빌었건만
잠든 것은 무어든
용서하지 않겠다고 했다

---

1 매우 빨리 휘몰아가는 장단

지엄한 하늘길 잊은 채
길길이 날뛰던 인간들

놀라 숨죽이며 웅크리고 앉아
곁눈질로 하늘 한쪽
은사를 구걸해도

벼락과 천둥 판관
생과 사의 갈림길
미물들 그만 눈과 귀 멀었다

들판의 배부른 쥐들 흔적 없고

급류에 휩쓸린
잠결의 신발짝 하나

출렁이며 우쭐거리며 파도를 타고
서해 앞바다에 다다라
펄떡이는 은빛 물고기 비늘 하나 태우고

지구 두 바퀴 돌고 돌아
태평양과 대서양 만나는 심해 거쳐

마리아나 해구 어디쯤 계곡에서
천사물고기[2] 한 마리
넉넉히 품어 기르고 있다는 소식이 왔다

70억의 원죄

남모르게 증식된
욕망과 증오로
펄펄 끓으며 발효하던
대기는 훑어내

허공에 길 내며 단숨에 내달아

먼바다 배래[3]로 한사코 걸어 들어가는
외딴 섬에 흩뿌렸다가

창창하게 울렁이는 파도에
깨끗이 헹궈
아름다이 하늘로 보냈다고
바람이 알려왔다

---

2 심해어
3 육지에서 멀리 떨어진 바다 위

허나
노도를 타고 얼떨결에 떠난 사람들
무도(無道)한 빈자리

한 달 넘게 꽃 피워 올리며
버티던 원추리
꽃잎 뚝뚝 흘리며 주황빛 피 쏟다 쓰러지고

비에 젖지 않는 연기
피워 올리던 산

우르르 우르르
빗밑[4]의 바람을 타고 쏟아지는
갈대의 함성

냇내[5]에 싸안아
사리사리[6] 연기에 실어 보낸다

_____

4 오던 비가 멈추기 시작해 완전히 갤 때까지의 상태
5 연기 냄새
6 연기가 가늘게 올라가는 모양

늦가을 아침 뜨락

고요의 바다에 마음을 담고
갓밝이[1] 시린 공기로
말갛게 세수한 산이

흰 구름 정갈한 가림막
정숙한 침상에 드리우고는

해가 데리고 와 폭탄처럼 터뜨릴 하루를
고즈넉이 기다리고 있다

물까치 떼 점점이 빛을 물어와 헌상(獻上)해도
부쩍 더 장중해지고
더 말이 없어진 먼 산

천지에 깔깔대는 추색(秋色)에도
바람꽃[2] 이는 산 검기만 하고

---

1 날이 막 밝은 무렵
2 큰바람 일어나려 할 때 먼 산에 끼는 뽀얀 기운

나들이 갔는지
당최
신(神)은 보이지 않는데

산꼬대[3] 두려움 속 신(神)의 점호 기다리며
하늘 우러러 일렬종대
하이얗게 벗은 자작나무들 사이

뎁바람[4]만이 서걱대며 몰려다니는
허황한 빈 뜨락

여기 발 한 번 딛지 않은
부모님 그림자들 그득하다

어제 불온한 도끼질로
비명 지르며 나동그라진 나무 둥치에
이른 잠 깬 햇살 하나 꽂혔다 거둬지고

버려진 햇살 하나 물고
벌써 겨우살이 또아리 튼 뱀 한 마리

---

3 밤중에 산 위에서 바람이 몹시 불어 추워지는 현상
4 거센 북풍

소환되는 원초의 시간
빼곡한 사연
갈피마다 무겁게 새긴 시간들
손가락 사이 찰나로 흘렀다

갈 곳 잃은 발걸음인데
마른 갈대마저 칭칭 감기며 보채는
처음인 듯 낯선 지금

바로 저 자리
손돌바람[5] 아우성 이는 폭풍 속에서
목백합 미친 듯 가지 흔들며 울던
팔백 년 전 지금

빈 뜨락 저기서

찰나를 물고 선
또 다른 햇살 하나
내 이름 부르며
걸어온다

---

5 음력 10월 20일쯤의 몹시 추운 바람. 억울한 죽음 당한 강화도 사공
손돌의 일화. 고려 23대 고종 당시 몽고군 침략으로 강화로 몽진 가던
때 배가 세차게 흔들리자 뱃사공 손돌이 왕을 해치려 한다고 처형. 죽
기 전에도 손돌은 바가지 물에 띄워 그 길을 따라가도록 비법을 알려주
고 죽음. 안전하게 섬에 도착한 왕이 충성을 기려 대곶면 신안리 덕포
하류 산꼭대기에 손돌 묘를 만들고 사당을 지어 제사 올림

오늘 햇살이 먼 훗날

몇십 년 세월에게
생기 다 내어주고
옷장 뒷구석에 쓰러져 있는
광목 두루말이

사이사이 바스라져
배어있는 어둠의 조각들
서리서리 다 털어내고

무릎에 앉혀

기억 속에서 자꾸 하얘지며 졸고 있는
웃음소리 흔들어 깨워
안감으로 대고

황홀한 무지개색
명주실 더느어[1]

마음 한 조각에 바늘 한 땀

---

1 끈이나 실 비비 꼬아 겹으로 드리다

뜰 줄 모르는 시침을 떠
주머니 만든다

동쪽 산에서 잠을 깨
남쪽으로 남쪽으로 진군하는
사붉은[2] 하루

마음 한가운데
세월 따라 고인 우물 언저리

두레박에 드려 담고
깊이깊이 내려보낸다

고통이 찬란하고
가난이 영롱하던 시절
마음 두레박 타고 흘러나와
오늘을 빛내주듯

먼 훗날
기억 저편 오늘 햇살이
맑은 생수 데우며
목줄 타고 생명수로 흐르게

깊이깊이 내려보낸다

---

2 아주 붉은

늦은 아침

해는 중천인데

아직 선잠 든 바위 옆
길게 엎디어
꽃잠[1]에서 깨어난 햇살 쪼개
눈 녹여 핥고 있는
들풀 위

딱새 떼들 늦은 아침상 차렸다

말질[2] 어지러운 세상을 물고 와
흩뿌리는 재재거림

다 접수한 들풀

구름결[3] 건너온 햇살과 함께
침묵으로 빚어

---

1 신랑 신부 첫날 밤의 잠
2 이러니저러니 시비를 다투는 일
3 구름처럼 슬쩍 지나는 겨를, 엷고 고운 구름의 결

나뭇잎마다 먹인다

빛과 정적(靜寂)의 점잖은 희롱질 못 본 체
45억 년 세월 다 들여다본 해

수천억 사연들
100만 도의 코로나[4] 불로 정화되어
화염 세상의 들풀을 키워냈다

들풀 마디마다
햇살이 꿰어놓은 사연들

얽히고설킨
장엄한 서사가 흥건히 풀린
사늑한[5] 들판 가득

느릿느릿 일어나는 들풀마다
귀가 자랐다

아무도 듣지 못했던 서사시 읊으면서
손 내밀어 구메구메[6] 대지 쓰다듬는다

---

4 태양 화염 층 맨 바깥 쪽, 100~200만 도
5 아늑한
6 틈틈이

눈 내린 아침 길, 길

어제까지의 가칫한[1] 마음 끌어안고 잠들었던 시간들
따스하게 눈에 덮인 이른 아침

숫눈길[2]에 찍는 첫 발자국이
오늘을 연다

발 내디딜 때마다 흔들리며 출렁이며
쏟아져 나와 안기는 햇살에
기쁘게 순결하게 온몸 열어 보이는 자드락길[3]

쌩한 바람 못 이긴 낙엽송 바늘잎들
고요한 수직 낙하

평생 묻기만 하고 쥐지 못한 답이 보일 듯 보일 듯하여
미혹된 걸음 멈추지 못하고 이어진 자욱길[4]

---

1   피부, 털 따위 메마르고 여위어 윤기 없는
2   소복이 내린 뒤 아무도 지나지 않은 길
3   낮은 산비탈 기슭의 길
4   사람의 자취 없는 길

겨울밤 달 보며 홀로 시리게 울던
여덟 살 계집애의 질문은
한 갑자 지나 퀭한 햇살 속에서도
여전 한 가지

답 없이 갈 수는 없다고 미련스레 따라온 에움길[5]
돌아온 먼 길

이제 한 줌으로 남은 찰나의 시간

마음은 급해도 길은 끝나가고
빛나는 눈 위에

아, 아름다움이 비수처럼 꽂히는 아침 길

---

5 빙 둘러가는 멀고 굽은 길

흰 눈 내리는 밤, 달의 노래

희다 못해 푸르게 빛나는 눈 위에 찍힌
고라니 순한 발자국마다
달이 하나씩 담겼다

노래를 잊고 산 지 오랜데
백설 덮은 산야
제가 부르던 노래 한가운데

가장 애절한 소절 하나
하이얗게 끊어

커튼 틈새로 내밀었다

달빛에 속살 다 들킨 희디흰 산야를
눈물 짭쪼롬하게 흐르는 방 안으로
와락 끌어들여

함께 푸르른 냉기를 덮고 누워
달이 흰 눈에게 불러주는 노래를 들었다

봄을 예감하고 밤을 어르는 달의 노래에

추위는 가시고
방 한가운데 흐르던
이유 없는 서러움의 강도 마르고

적막을 밟고
잠든 세상 잠행(潛行)하려 내려오는
천상의 선함이 달빛과 함께 버무려져

번개처럼 선연하게 따스하게
가슴을 적시며 차고 오르는데

알고 보면 스러져가는 생명보다 강한 것은 선함이었다

"그 아름다움만이 남아 살아있는 것들의 가슴을 친다"
라고 영수증 숫자처럼 명료하게
새겨지는 구절에서
마음의 책장을 덮는다

흰 눈이 더 내리지 않아도
달이 있어 좋은 밤이다

심처(心處) — 마음이 있는 곳

빛의 도래지는 아침 동녘이 아니라
상하사방(上下四方)이 없는[1]
무시무종(無始無終) 마음 속

하늘에 실금 하나 긋지 않고
천상천하 두루 꿰는 천리안인데

마음 하나 부여안고 절절매다
펼쳐놓고 풀어놓으니
흔적도 없는 태산의 무게

밤의 전등 끄니
마음의 불 켜지고

홀연
펼쳐지는 우주 본래면목(本來面目)

---

1 삼일신고 천훈(天訓)

손바닥만 한 샘물에
달은 바다를 만들어 들어앉았고

겨우 한 자 깊이에 달을 삼킨 샘은 말이 없네

저 어디메인가 유럽 철새[2]
쉬지 않는 비행으로
허공에 보이지 않는 채마밭 일구어
지난봄 뿌려둔 씨앗 챙기며 드나들다

달을 쪼았다

여기 산비둘기 푸드득 날갯짓에
샘물 안
한 귀퉁이 베어 물린
달이 일렁인다

밀려가고 밀려오는 사념(思念)뿐인 삶도 일렁이는데

공간도 시간도
다 마음이 가꿔야 하는 뜰인 것을 몰랐다

---

2 10개월 동안 한 번도 착지하지 않고 비행한다는 새

하 루

1
문지방에서 머뭇대던 햇살

겨운 듯
문턱 넘어
긴 그림자로 눕고

물기 먹은 창틀에 몸 던진 나방이
하루 내 몸을 말리더니
승천하여
나방이 체취 담은 구름이 되었다

너무 오래 서 있어
소리 내며 앓던 벽

오래 걸어온 내 발과 나란히
고단한 직립으로 서서

어제와 꼭 같은

또 다른 저녁을 맞으며
심상(尋常)하다

2
미끄러지는 시간 알갱이 하나 물고
기어이 벽 타고 오르며
중력에 저항하는
노쇠한 개미 한 마리
저 혼자 기진한데

얼핏 내비치는
바랜 때깔의 집요함이지만
시간의 중력 이기지 못해

손가락 한 마디쯤 남은 오늘 조각을
내 옷깃에 걸어두고는

여윈 다리 접어
벽의 빈틈 사이
무중력 지대로 건너갔다

남겨진 빈 공간
무욕(無慾)의 포식자

달력에 빼곡한 숫자로 정렬했던 싱그런 하루들

늘 그랬듯 이때쯤이면
다 엉클어져서

벽들이 오래 서서 매만지던
땟자국에 절어
구겨진 채 역사로 넘어갔다

3
지난 하루들을 증거하겠다고
야심 차게 눈 부릅떴던 오늘 역시

의문 부호 하나로만 남은 여정(旅程) 끝자락

밤비를 예고하는 먹구름

벽 바깥
꽃망울들은

어둠을 묻힌 채 떨어지는 빗방울 삼키며
울지도 않고 또

저 혼자 태어날 준비를 할 것이다

옥색(玉色)과 남색(藍色) 하늘 사이에 그네를 매고
양쪽을 오가며 흔들리는
꿈도 있다는데

비 온다는 내일
그 하루는
또 어디에 마음을 두고 흔들릴까

봄을 기다리는 밤

이면지에 도열한 낱말들
언제 깨어나 노래하려나

노래를 기다리며

올 설에도 신지 않은
흰 버선 한 켤레 꺼내 놓았다

날 선 콧등에 미끄러지는
전등 빛

주황빛과 흰빛의 풋풋한 첫 만남
순연(純然)했다

버선 신으셨던 이 땅의 모든 어머니들도 만났다

거룩한 만남

지켜보는 자단(紫丹)장 거울
넋 잃은 와중에

떠나는 겨울이 이미 거기 서 있다

지난 여름밤 내

뻐꾸기 제 두 깃 사이에
불면을 쟁여 넣으며
헤집어놓은 밤의 자취
아직 다 지워지지도 않았는데

우풍 센 윗목에서
자단장은
거울 속 겨울을 잘도 받아내더니
벌써
또 떠나보낼 채비를 한다

뻐꾸기 울음소리 대신
소낙눈[1] 이라도 한바탕 내리려는지

---

1 갑자기 심하게 퍼붓다 멈추는 눈

산이 우는 소리[2]

산이 게워내는 울음소리 듣고
이면지 속 낱말들
잠 깨어 준비하는

때 이른 봄 노래

---

2 산 우는 소리 나면 눈이 내린다는 속담

밤에 쓰는 시 1

어둠 한 점씩 찍어
백지에 굴린다

눈 감으면
삶마저 닫힐까
졸린 눈 비빈다

한껏 무거워진 눈꺼풀
막무가내 감겨드는 잠을 떼어낸다

어둠의 호위 아래
사뭇 온순해진 사물들

속속들이 들여다보는
작은 스탠드 찬찬한 시선이
동그마니 밝히는 공간에

유영(遊泳)하는 사념들을 포박한 단어들
제멋대로 뒹굴고

저 바깥 어둠 속에서 눈 틔우고 있을
홍옥매화, 수양버들이
한 밤새
아득한 듯 벌써 그립다

아직 심기지도 않은 채
저 혼자 제 겉껍질 벗기고 있는
성질 급한 백합 구근의 근면함이

내일 아침이면 호미를 쥐어주며
게으른 손을 잡아끌 것이다

어디 몸 눕혀야 할지 모를
차가운 어둠 한가운데
밤 내 서서

아무 데도 기록되지 않는 애달픔의 서사시 읊는
세상 구석구석 뭇 생명들

정지된 듯 실은 바지런한 세상천지에
홀로 멈춘 불빛에 기대 바스락대며
한밤중 어둠의 대양을 건너가는 볼펜 끝에서

뽀시락 뽀시락 피어나거라

밤에 쓰는 시 2

전등불 끄면

삭풍 이는 시베리아 벌판
홀로 걷던 어린 여자애

문 열고 찾아온다

'오래 걸어온'이라는 글귀를
매일 이 시각 들고 와
가슴을 두드렸다

더 정확히는
'오래 걸어온 찰나'다

오래 걸어온 길
도정(道程)에
찰나의 문을 여닫았을 뿐이지만

찰나에 찰나를 수없이 더해
얻은 것이 여전
스러져갈 뿐인 찰나라니

누구나 다 걷는 이 길인데
왜 단독자의 길일까?

질문 하나 들고
이 시간이면 준동하는 귀기(鬼氣)들과 섞여
우주 이곳저곳 헤매어 도는 마음을
붙들어 묶고

부박(浮薄)한 언어가 난무하는 대낮의 시간에
밤의 침묵으로 대적한다더니

어쩌자고
잠은 동강 내고 어둠을 부수어
글을 찾는가?

어둠을 갈아 쏟아지는 먹물로
꾹꾹 눌러 쓴 글이
더 무겁단 말인가?

찰나 한 조각에 실려
묻고 묻는 사이

어둠이 뒤집히면서
천천히 열리는 광명의 흰 세상

첫 햇살을 담갔다 건져낸 연못에
영생을 꿈꾸는 물고기 한 마리

누진[1] 눈동자로 바라보는 하늘 아래
은가람[2]이 자라고 있다

---

1 조금 축축한
2 은은히 흐르는 강

봄 심기

오관의 문 닫아걸고
그저
허허공공(虛虛空空) 속 거닐 나이

모든 형체란 끝내 허물어지는 것
천지만물 본성만이 둥두렷해져 가지만

눈맛[1]으로 안겨들어
눈정[2]을 못 이겨
해만 뜨면 뜨락으로 내려서는
발걸음 소리 듣고

잠 깬 돌들도
수만 년 된 몸 부수어
보드라이 제 살을 열었다

꽃샘잎샘[3]에도 이미 무성해져

---

1 눈으로 보고 느끼는 기분
2 눈 맞아 보고 느끼는 정분
3 꽃, 잎이 필 무렵의 추위

악착스레 마음에 엉겨 감기는 넌출[4]
여지없이 도려내고

야멸찬 호미질에 스스로 나동그라지며
풋새[5]들과 벌이는 드잡이질 힘겨워도

이름 없이 영예로운 꽃들에게 배우며
말없이도 다정한 꽃들을 심는다

봄을 기다린 지 오랜데

아직 몸 안 풀었다며
거세게 튀어 오르는 흙의 모반에도

봄 심는 마음이 부르는 소리 듣고
봉충다리[6] 철럭이며
저기
봄이 오고 있다

---

4 길게 벋어나가 늘어진 식물 줄기
5 저절로 나서 자라는 풀의 총칭
6 한쪽이 조금 짧은 다리

초여름 밤 달과 별

끄먹거리는[1] 별빛 붙들고
밤이 지나가고 있어

서둘러 하늘에 손바닥만 한 창을 내고
달을 불러들인다

산비둘기 푸드득 날갯짓에
곤하게 잠들었던 공기층 전열(前列)이
쨍그랑 깨지니

올봄 만개해 농염했던 복사꽃 나무도
그 틈에
제 가지 한껏 휘어
떠가는 달을 안아보았다

지상의 낮은 찬란했고
밤은 황홀했어도

___
1 꺼질 듯 말 듯 한

낮과 밤 사이
말이 불러내지 못하는 지대 너무 넓어

어둔 하늘 저 어딘가에
보이지 않는 성(城)을 짓고
별이 읊어주던
생명의 탄생 얘기도 어느덧 끝나 가는데

늘 생짜인 하루 앞에
생명 지닌 것들의 누추한 가녀림[2]

애잔하다

사고무친(四顧無親)의 생명들
이 밤
달빛을 발라내 서로 몸 비비는 시간

날마다 북망산(北邙山) 베고 누우러 오는 구름 아래

장중하게 흰 바지저고리 떨쳐입은 말발도리

---

2 가늘게 떨림

그윽하게 올려다보며
안젤라 진분홍 연지를 연신 퍼 바르니

창백한 달빛마저 분홍에 물든 어둠의 향연이어라

공중 산보자

밤이면 공중 산보자(散步者) 되어
어둠이 데려다주는
어둠 저 끝 본향에 다녀온다

오늘은 상공 700km까지
누리호 꽁무니에 매달려갔다

어느 순간
누리호도 버리고 육신 껍데기도 벗어버리니

어둠을 가르는 절대의 고독

처절했다
아름다웠다

아득하게 반짝이는 지구별
지상 빛의 축복

부처 이전
선연한 깨우침

생명은 원래
어둠 한 조각
우주 파편 부스러기 하나

기적처럼 거기 빛이 있었고
나보다 먼저 와 있던
밝음을 누렸다

매해
개나리가 노란 물 뚝뚝 흘리며
봄의 찬가를 부르는 소리 들었고
명자꽃 빛으로 시뻘건 정념을 빚어
다글다글 매단 것도 보았다

여한(餘恨)이 있을 수 없는 지상의 삶
대가를 치른 적 없는 목숨값

혼백(魂魄)이 지엄해도
빚 갚음 없이 해체된

육신의 무력함이 곧 죄임을

어둠이 온 우주에 쩡쩡 울리게 선포하고 있었는데
그동안 듣지 못했다

듣는 이 없었다

결곡하게 산다고 했지만
모르고 지은 죄도 죄라 했으니
쌓인 죄가 수미산을 덮었다

어둠의 절대 고독 속에
파동 치는 우주의 장엄 교향곡을 듣는 순간만은
아직 살아남아 스멀스멀 삶을 갉는
육신의 욕망을 잊었다

욕망이 생명의 근원이라는 헛된 합리화를
미련 없이 버린다

욕망 없이 누리는 것이
생명의 은혜에 보답하는 것이니

생명이 나의 것이 아니라
우주의 것임을

꽃들조차 이미 알고 있었다

꽃들에게 경배를 바치려
서둘러 귀환하여

아침을 기다린다
빛을 기다린다

밤에 내리는 비

비 스며든 어둠이
축축하게 잠을 적시더니

뒤척이는 잠을 깨워
그예 일어나 앉혔다

어디로부터 오는 비인가

뭇 생명들 어디서 와서
여기 허공을 점(占)하고 이리도 오가는가

하나도 깨우친 바가 없는지라
잠들어서는 아니 될 듯하여

살품[1]으로 파고드는 빗소리 청해 안으며
앞짧은소리[2]인 줄 알면서도

---

1 옷과 가슴살 사이 빈틈
2 하지 못할 일을 한다고 하는 말

밤으로 실을 자아서라도
선업의 그물을 짜겠노라고

받낳이[3] 하시던 옛사람들 앙모하여
피고름 배어든 그들의 피륙을 받들어 무릎을 꿇는다

삼경(三更) 넘어서도 잦아들지 모르는 비는
방안까지 밀고 들어와

생명의 덧없음에 애끓어 새카만
어둠을 눕혀놓고

태초의 노래
지상에서의 첫 노래로 덮어준다

---

3   실을 사들여 피륙을 짜는 일

초록 비 축제

'나' 안에 갇혀 살았어
아무도 몰랐어

아무도 껴안아 보지 못했어
보이지 않았어

내 삶은
'나'라는 네 벽 안에 있는 줄 알았어

감옥에 갇혀
여기가 어딘지 몰랐지

천상천하 유아독존이라는데
그거
뭇 생명들 없이는 무의미한 말장난이야

보이지 않던 꽃들이
꽃 피니 비로소 보이는 거야

아, 안 피는 꽃은 없구나

모두들 돌아가며
한 번씩은 한껏 만개(滿開)하여 찬란하구나

피 철철 흘리는 최고의 아름다움으로
지상에 천국을 그려내는 거룩한 소명 다하고
하늘 이치에 따라
우주에 경배들 하는구나

그래, 산다는 건
서로 화답하고 흔들리며 춤추는 거지

눈을 뜨니 6월이 막 끝나
7월 하늘의 회색 구름 덩이
제 몸 부숴 흩뿌리고 있더라고

지상에서는 초록 물이 양동이에 넘치다 못해
온 세상천지 초록초록

구름이 아우성이며 철렁이는 초록 비 되어
초록을 퍼부으며

목쉬게 소리 지르고 있는 거야

위대함은 깨알보다 작은 나를 죽이고
우주 문 열고 나서는 거라고

초록에 흠뻑 젖어 초록에 잠기니

정말
나는 사라지고 그대로 광대무변(廣大無邊)

초록 우주가 되어버리더라고

수선화

달소수[1] 전만 해도
내 가슴을 흔들던
향수선

어디서 왔는지 고향을 묻지도 않은 채
이 땅에 심었더니

습격하듯
꽃은 내 가슴에 피워놓고

노란 귀 활짝 열어
바람의 노래 따라 부르다가

노란 향에 담아 건네던
해맑은 오전들과 함께

빗물 따라 강으로 흘러갔는지
구름으로 피어올랐는지

---

1 한 달이 조금 넘는 동안

연이은 비에 흔적도 없네

숱한 인연
시간을 못 이겨
자취 없는 별리 지대에서

이미 사라진 노란 향연의 후렴구 찾아
대지 두드리는 폭우 소리

장롱 속 이불마다
라흐마니노프의 스타카토로 빗물을 짜내
감상(感傷)에 젖은 방은 흥건하고

왜바람² 타고 떠다니며
앉을 곳 모르던 마음 붙잡아

뒤집힌 세상에 베인 상처
온통 노랑 순연함으로 지워주던 속삭임

따스하게 가슴에 아물었던 상흔에서
다시 들린다

---

2 이리저리 방향 없이 부는 바람

'생명은 덧없어'

이제 말문 닫은 수선화
자취 없고

노란 향내만 비에 젖어 떠돈다
노란 속삭임으로

생명은 덧없어…

라흐마니노프의 시 무용론(無用論)

쉿
소리 내지 마
말하지 마

글로 쓸 필요가 있을까?

이미 천상의 음이 있는데
그저 귀 기울이면 들리는데

말이란
어디 쏟아놓은들 소음(騷音)이 아닐까?

처음 듣는 음(音) 첫 소절이
이미 심장을 날카롭게 베어 물어

머리를 하얗게 비우고
가슴 터질 듯이 채우는데

뭘 덧붙이려는 거지?
뭐가 더 필요하지?

음이 저 혼자 흐르게

파도를 만들어 타고 철썩이다 철썩이다
용오름으로 솟아올라 우뢰와 만나 내려친 후
한없이 느리게 부드러이 군림하게 돼

그냥 순백의 허(虛)가 필요할 뿐

고요만이 알아듣는 음(音)
신(神)과의 대화에 말은 필요 없는데

평생 흐느끼며 신(神)을 찾는 미아(迷兒)가
단어 하나 들고 저 허공을 건너가려 하다니

줄이고 줄여도
잘라내고 끊어내도
이미 군더더기

영롱하고 온순한데

고분고분하게 과격한
음의 폭포에 산 채로 던져져

머뭇거리다 자지러들다가 까무러치는
천상의 광포한 애무를 받으면서

거기 한 마디라도 덧대면
흠집이 나는 거지

생채기 난 절정은 파흥이지

입 다물어
그만 말을 잊어

구석에 웅크린 말은 가슴에 묻는 거야

오래
벙어리를 꿈꾸어 왔잖아

음(音)이 태어난 태초의 고요만이
사무치게 그리웠잖아

만추(晚秋)의 저녁 연못

천만 번 왔다 떠난 가을이
흩어지는 생명들 위에 뿌린 눈물
심연 되어

고요를 퍼 올리고 있는 연못에
가을을 툭툭 꺾어 던지는 주홍 낙엽의 투체(投體)

받아 품는 가슴에는 이미 천만 년 후의 눈 내리고

성하(盛夏)의 녹음(綠陰) 다 녹였어도
오직 한 가지
하늘색만 살아남은 수면(水面)에

잠깐씩 무지개 띄우는 낙엽들 어지러이 떠다녀도
수없이 지상에 다녀간 뭇 생명들 흔적 없고

고요만이 영생하는 우주
손바닥 펴

만산홍엽(滿山紅葉)으로 오롯이 담은 연못

매일 밤 다녀가도 이내 스러지는 달의 내음 모아
만선(滿船) 띄운 둥근 달은 언제 담으려나

늦가을 풍경

매해 피는 복사꽃 보며 반생(半生)을 지냈어도
어떤 손이 꽃봉오리 여는지
아직 보지 못한 채

황갈색으로 떨궈지는 이 가을을 또 밟으며 간다

색색 물감 풀지 않고도
분홍 꽃 흰 꽃 피워 물은 늦가을 코스모스

낭창낭창 휘어지는
가냘른[1] 줄기가
연하고 질기게 후려치는 날 선 질책

매번 아프다

거의 다다른 막다른 길에서
딱히 정해놓은 길이 있었던 것은 아니었다고

---

1 가냘프고 어린

바람처럼 자유로웠다고 변명하며

깃털처럼 날리는 갈대가 풀어 보내는
한 모숨[2] 가벼움에
마음을 실었다

이제 마음마저 흩어지고 나면
홀가분하게 남는 것은 허(虛)이려니

아련한 어린 날
푸른 나무 아래
세상이 펼쳐 보여주던
붉은 언약이
진실이 아닐 수도 있음을 알게 된 것이

한 생(生)을 걸어온 길 끝
단 하나의 열매라고

겨울 온잠[3] 준비하는 늦가을 풍경이 말하고 있다

----

2 모. 무성귀 등 길고 가는 것의 한 줌 분량
3 잠을 설치지 않고 밤새 평온하게 자는 잠

초겨울

한여름을 서서 건너온 초록이
수평에의 그리움으로 눕는다

한껏 땅을 닮으려
꽃파랑이 빗장을 닫아걸고
갈록(褐綠)으로 누워
사위어가는 생명

소슬바람[1]이 훑고 지난 자리
햇살이 더금더금[2] 흩뿌린 메마름 위에

자욱한 안개 한 겹 덮고
이제 깊은 잠 자야지

누우면 안 되는 줄 알았는데
누워서 보는 세상은 아늑하다

---

1 으스스하고 쓸쓸한 바람
2 더한 위에 거듭 더하는 모양

누워서 보는 하늘은 너르다

낮은 것들, 키 작은 것들, 누운 것들끼리
손잡고 등 댄 흙의 품에서
더 마르고 더 추워지며
겨울에 더 아름다운 생명들

피안에 다다르기도 전에
둥글어지다 못해 허물어지는 육신 안에
느리게 열리고 있던 혜안(慧眼)

별빛 닮아 눈부시지 않게 크고 있는
지혜의 찰랑거림으로
이제 더 이상 바랄 것 없는 샘 되어

아무도 듣지 못했던 전설 하나 키우고 있는데

저무는 노을 한 조각씩 물고 선 미류나무들
잠들어가는 생명들을 눈바래기[3]로 오래 지켜본다

깊은 겨울이 올 모양이다

———————
3 멀리 가지 않고 눈으로 마중하기

공적(空寂)의 무게

우주를 가득 채웠어도
공적(空寂)의 무게는 본시 없는데

길은 끝나가도
여전한 미로(迷路) 속
몸 비트는 악몽인 양 헤매임 끝이 없어

한 생에 걸쳐 길들인
자기만의 저울추 미련스레 움켜쥐고
각자의 그림자 무겁게 끌고 가네

하나둘
꽃 이파리 낙하하는 자리에
돌고 도는 시절인연[1]
끊임없이
다시 상심(傷心)으로 돋아나는데

―――――――
1 모든 사물의 현상이 시기가 되어 일어난다는

공적(空寂)의 무게 묻지 말고
그저
한 번쯤 더 너그러웠으면 좋았을 것을

설국의 밤

포슬포슬 순백의 무결성(無缺性) 앞에
마음이 먼저 자복(自服)하여 무릎을 꿇었습니다만

때가 아직 무르익지 않았습니다
우리는 늘 기다림의 상태입니다

정신 아득하게 만드는 순백의 설국에
피 뚝뚝 흘리는 허무의 시린 발자국
투명하게 찍혔습니다

숨죽인 삼라만상 덮으며 정적(靜寂)으로 내리는 눈

귀 기울여도 들리는 것은
오직 사라져서 아름다운 것들의 그림자
지워지는 소리뿐입니다

고요가 무거운 추를 내려
깊은 무게로 침묵의 속을 채워가네요

오직 고요와만 대작(對酌)하는 사이사이
길게 흐르던 눈물의 강도 끝내 백설에 덮이고

이제 남은 한 조각 어둠마저 다 먹어치운
순백의 제국에
하늘로 오르는 계단까지 가설되고 나니

끓어오르던 상념(想念)의 출입구도
이내 희디흰 천으로 흔적 없이 봉인되었습니다

갈래 길에서 망설이는 눈을 보지 못했습니다

원만구족(圓滿具足)을 말하지 않아도
하늘로부터 오는 것들이
대지와 다투는 것을 본 적이 없습니다

아름다움은 진실만큼 잔인하여
눈 속에서 아름다움을 덮고
죽어가는 생명을 애도할 뿐

풀지 못한 어제까지의 암호들

눈에 덮인 절절하고 잔혹한 그 질서를
기어코 풀어헤쳐 생채기 내는 대신

오늘은 그저 순백의 그 하이얀 눈안개로
서정(抒情)이 피어오르게 두고자 합니다

Ⅲ. 탄생– 인연

밤의 산- 아부지들

고요의 바다
희다

태초의 우주 운행 소리
한 겹의 고요도 찢는 밤

어둠을 먹고 숨죽인
뭇 생명
재 되어 켜켜이 높아가도

미동도 없는 검은 산
아직 하늘에 닿지 못했다

세상에 떨궈 놓은 한 점 이슬의 부질없음과
덕대[1]를 뉘우치는
아부지들의 평생의 울음도 땅에 묻히지 못했다

수억 년 버력[2]받은

---

1 아이를 허술하게 묻는 일
2 사람의 죄를 징죄하느라 하늘이 내린 벌

아부지의 아부지의 아부지들의 한숨 소리
길게 끌며
골골마다 들춰 휘도는 바람

고요가 다 삼켰다가 희게 토해내었다

울음 그치고
고요함으로 누웠던 아부지들

이제 고요함으로
세상의 자식들을 쓰다듬으신다

우주 진동이 되어
자식들 꿈의 문을 두드리신다

제 자식들의 가슴 속에서
신(神)이 되신 아부지들이

저기
영우[3] 짓고
태산이 되어 누워계시다

---

3 죽은 이의 넋, 신주를 모셔두는 곳

허공이신 어버이와 호랑나비

휘어진 고갯길
그 아래
바다가 되고픈 하늘이
구름으로 파도를 만들어 놓았다

드레난[1] 허공 버리고 벼려
당진[2] 문 만들었다

구름 위에 올라타 허공 문 열려고
숨 몰아쉬며 고개 넘던
70 다 된 아기가 울고 있다

허공으로 합류한 어버이
술명한[3] 뒷꿈치 보고 걷다
그만
길을 잃었나 보다

---

1 헐거워지고 나사 풀린
2 굳어 딱딱해진
3 순수하고 아름다운

이글거리는 열로 장전된
수만의 화살촉을 쏘아대는 해
감히 마주 볼 수 없는데

옹이진 소나무 한 그루 없는 고갯마루에 서서

허공 한 조각 펴 보이는 어버이 뜻 헤아리려
땀 흘린다

건널 수 없는 공간

늙어 지친 아기 바라보는
애달픈 어버이 마음

크렁크렁 먼 산이 울고

호랑나비 한 마리

아기로 부모로 남편으로 아내로
사람으로 꽃으로 동물로 아수라로

어지러이 돌다가

무거운 죄의 짐
어딘가 다 부려놓고

이제 천 년만의 탈피로 한 장 날개 얻어
억겁 시간을 싣고
여기 산비탈까지 찾아와 팔랑이니

우주를 수만 바퀴 돌아온
골바람 일었다

바람 따라
억겁 시간
온 천지에 흩뿌려지면
피할 길 없는 원죄

또
새 생명 잉태되고

짐짓
아무것도 모르는 체
나비
한 장 날개로

전생에 그 전생에
자기 아기들과 자기 부모들이던
뭇 생명 다 품어 안고

길게 엎디어 울고 있는
산을 토닥이며 날고 있다

12월 마지막 날

12월 마지막 날
높하늬[1] 바람 심한 날

부드럽게 흘러내리는
뜨거운 젖을 먹여 키운 아이들을 버렸다

밤새 폭력 괴기물과 전쟁 게임으로
뇌에 치명상 입은 채
어디에도 따라나서지 않으려는 아이들의 우주는
바람도 시냇물도 없는 어둔 방
작은 화면 속

1억5천만 킬로미터를 822년 걸려
일구월심 달려온 해가
소리쳐 부르는 소리
듣지 못하는 애들을 두고
사립문을 나섰다

---

1 서북풍

아이 없는 세상
텅 비어

지구를 130만 개나 집어넣을 수 있다는 태양마저
빛이 스러지고

태양을 떠나서는 그 바깥
너무 멀어
너무 아득해

아이들 버리고 떠난 서러운 발길
허공에 점 하나 찍지 못하고
아이들 꿈속 주변을
서성이지만

꿈꾸지 않는 애들
꿈의 문 철옹성으로 닫혀

발자국마저 행로가 끊기고
돌아갈 곳 없는 우주 미아로 떠돌다가

먼저 간 어버이들

별이 된 그분들이 보낸
흰 고무신짝 만났다

얼마나 오래

그 고무신짝
자식을 태우고 우주로 떠나기를
기다리셨을까

어디선가 산탄(散彈)되는
거대 초신성 폭발음 들으며

검은 우주 가르고 유영(遊泳)하는
흰 고무신짝 타고
100조 개의 별을 가진 은하 안에서
어버이 별을 만났다

500억 광년 저 먼 별
아이들 울음소리 사무치고

아드레노크롬[2] 빨리우며 죽어가는
아이들 납치해 간 매트릭스 세계

AI 세계
지하에 감추고
시퍼렇게 빛나는
루시퍼 은거지 지구별에

다시 흰 고무신짝 띄워 보낸다

아이들 꿈의 문 열러 간다
12월 마지막 날

---

2 어린애들이 고문 등으로 극한 공포증에 처했을 때 뇌에서 대량 분비되는 아드레
   날린을 채취해 산화시키면 나온다는, 회춘 효과 있는 마약 같은 중독성 물질

소원 주머니

앞산 바라기
창 앞 책상 위

신(神)에게 바치는 공물(供物)

한 잔의 차

이내 철렁이며 그득 차는 염원

명주 주머니에 싸 담고
마음 타래 실 풀어
챙챙 감고 꽁꽁 묶고 질끈 동여 놓으면

곤줄박이가 물어다
낮잠을 걸치고 선 채 졸고 있는
나뭇가지마다 걸었다

둥지 떠난 제 새끼

새 거처를 물으며
박새는 "예쁜 아가에게"라고 써놓았다

가지마다 주렁주렁
어느새 산 전체를 덮었다

두 달 넘게 내린 올 장마에
젖지도 않았다

연이은 태풍 바비와 마이삭에도 젖지 않더니
태풍 하이선에는
아예
더 단단해진 금강석이 되었다

우주 무게만큼 무거운 소원 주머니 품은 채

해가 지면
어둠 속에서
어둠보다 더 검은 눈을 뜨고

잠들지 않는 산이

장중하게 버티고 앉아
세상 어버이들 불면을 내려다보더니

검고 긴 팔 뻗어
불면의 눈 감긴다

눈 감고도
지구 저 어딘가
틀림없이 느껴지는
제 아이들 심장 고동 소리 향해

세상 모든 어버이들
그새
또 다른 소원 주머니 만들어
찰지게 움켜쥐고

밤새 기어가고 있다

탄 생

아무도 모르는 숲 강가

등에 별 7개 실은 무당벌레가
달빛 타고 내려왔다

강물에 별을 띄웠다

별이 반짝이는 강으로 흐르는 의식(意識)이
숲의 풀어헤친 머리칼 감기며
별이 조근조근 들려주는
안드로메다 성운(星雲)의 전설을
밤새 써내려갔다

이야기는 끝없이 이어지는데
달은 이미 졸고 있고

밤의 여정 끝에 태양이
저만치

제일 키 큰 미류나무 꼭대기에 앉아 기다리고 있었다

태양 빛 조각들
숲의 머리칼 한 올마다
매달리더니

이내
별의 암내 흥건한 강에
무지개를 방사(放射)했다

한잠 잘 자고 난 무당벌레
제 등에 싣고 왔던 별에 올라
물 위에 흐드러진 태양 조각 주워 먹으며
황금 투구를 쓴 병사의 노래를 부르더니

밤새 흐르다 지쳐 자꾸 침잠하는 의식을 낚아채
본향(本鄕)으로 비상하였다

강물에 몸 행군 별은 청신(淸新)하게 날고

우주 편린(片鱗)
별의 비늘 달고 배영(背泳)하는

물고기 품은 강은 깊어졌다

의식(意識)은 우주 본거(本居)에 보내고
홀로 남겨진 몸

지구 붙박이로
흙에 두 발 디딘 미물은

그렇게 또
강이 고향이 되는 덧없는 육신을 낳으며

불사조가 되었다

숲 바깥 또 다른 강에서는
다목다리[1] 왜가리가

미처 귀향하지 못한
농익은 별들을 건져내며 고향을 묻고 있었다

---

1 추위로 얼룩덜룩해진 다리

흙 알갱이 한 알 속 우주

500억 광년 거슬러 예까지 와
여기 한 점 정(精)과 혈(血) 떨구고
무(無)로 귀환한 님들의 땅에

만 년의 침묵을 삼킨 돌들이
범상하게 누워 자며 발에 걸려도

그 침묵 하나 들어 올릴 줄 모르고
걷어차고 다녔다

장막(帳幕) 하나 쳐 있지 않은 지구 밖으로
개미 한 걸음만큼도 벗어나지 못한 채
삶에 묶인 생명들

얼마나 깊이 파 내려가야
억 만년 보물을 캘 수 있나

그저 땅을 헤집어 곡진하게 찾아다니며

혼자 기진했다

흙 알갱이 한 알 안에
우주 삼라만상 살림이 펼쳐졌다고
열심히 알갱이 하나 굴리다
개미에 쫓겨 그예 뒷다리를 물리는 순간에도

흙 알갱이 명경(明鏡)처럼 닦아 우주를 비추겠다던
달빛은 은혜처럼 흩날리고

아침은 느리게 느리게
천지에 붉은 피 벌겋게 토하며 열리는데도
눈 한 번 들어 마주하지 않았었다

동쪽 산 뒤에서부터
벌겋게 차오르는 오늘 하루가
몸속으로 흘러들어 붉은 피로 도는
기적을
읽어낼 줄 몰라
허무(虛無)로 목을 축였었다

너른 채마밭에 밤새 쓰여졌던 생(生)과 사(死)의 드라마

흐려지는 눈과 둔해지는 귀
아침 햇살로 헹궈내

다 받아 적으며
허무(虛無)를 지워나간다

허무는 지우고 사랑으로 채워진
장부(帳簿) 책 만들어
생명을 여기 심어놓았던 님들 보란 듯
우주에 펄럭이게 하리라

동행 – 무부재 무불용(無不在 無不容)

비늘 없이 하늘을 날아다니는 물고기들
쉬고 있는 해변에서

내일 태양을 삼키기 위해 날기 전
깃을 고르며
지상에는 없는 푸른 노래 부르는
검은머리물떼새 만났다

이제 곧 흔적 없이 지워질 육신이
영생(永生)하는 어둠과 무(無)를 응시하는
기적의 밤은 깊고

졸고 있는 별들의 눈을 감기는 구름이
밤을 더듬어
어둠을 비집고 혼몽(昏懜)의 침상(寢牀)을 폈다

명부(冥府)로 건너간 이들의 말 없는 가르침 받들고서야
산자들과의 화해를 생각할 수 있었고

화해를 생각하는 세상은 안온했음에

너그러움의 실 끈을 쥐고
세상 속으로 합류하여

나를 따라 옆에 누운
존재의 손을 잡고
나란히

하늘 어둔 바다에 출렁이는
삶의 물결에 흔들리다

밤이 환한 어두움으로 켜는 불
마음에 옮겨 심고

아침이면 물떼새가 해 삼킨 후
박차고 오르는 창공을 보며

나도 돌을 깨서
없는 곳이 없고 싸안지 않음이 없는[1]
창공에 심어야지

---

1 무부재 무불용(無不在 無不容): 삼일신고 천훈(天訓) 편

사모곡(思母曲)

어머니 먼 여행 떠나기 직전
이 땅으로 이사 온 불두화

건너편 잿길[1]을 오래 응시하고 서 있다

불두화 시선 쫓아
잿길 따라 오르는
자귀를 짚다[2]가
구름 위에 올랐다

구름 한 움큼 뜯겨나간
쪽빛 하늘에

저 먼
목새[3]가 잠을 깨어
부르는 노래가 안겨들었다

---

1 언덕배기에 난 길
2 짐승을 잡으려 발자국을 따라가다
3 물결에 밀려 한 곳에 쌓인 모래

섯[4]에 다다른 가락 하나
잠든 배를 깨웠다

허공의 사공을 부려 난바다까지 나아가
태양을 부르다가
돌아오는 물길을 놓쳐

그대로
망망대해 떠도는
노래가 되었다

철없어 부르지 못했던
사모곡들 빽빽이 박힌 감풀[5]에는

파도 따라 먼바다까지 나갔다
빈손으로 돌아온
뒤늦은 마음들이 상심(傷心)으로 누워

아스라이 들리는
노래에 귀를 열었다

---

4 물가에 배 매어두기 좋은 곳
5 썰물 때는 보이고 밀물 때는 안 보이는 비교적 넓고 평탄한 모래톱

산짐승 따라 흰 구름 타고 바다 다녀온 발걸음
한결 진중해졌고

발길 따라온 사모곡 하나
산중 불두화 수백의 꽃으로 피었다

산짐승 발자국과 나란히 앉아
불두화로 핀 하이얀 사모곡을 듣는다

시를 쓴다— 아버지

아버지께 바치려
시를 쓴다

단어마다 아버지 손 흔들며 일어서시고
문장마다 아버지 저벅저벅 걸어 나오신다

허공에 자취 없이 흩어진 아버지의 땀
증거하기 위해

이제 곧 그를 따라 산화(散化)될 몸뚱이
부여잡고 일으켜
밤을 파헤치며 채굴한 단어들로

시를 쓴다

천고(天鼓)[1] 울리려
한 켜 한 켜 선업 쌓으면

---

1   내리천(忉利天) 선업당에 있다는, 북을 치지 않아도 저절로 소리 난다는 북

어느 날 이윽고 하늘 문 열리며
"너, 참 착하다"
아버지 손 내밀어 품어주실까

우주 끝까지 편재(遍在)한 허무를 잘라
시를 쓰면서
허무에 대적하는 긴 길
저 끝에

아버지 오래 기다리고 계시다

다 락

창에는 늘 풍경화가 걸리는 집에
어둠이 걸렸다

어제의 나는 이미 옛사람
다락방 빈 우체국 택배 상자에 유폐시킨다

어제의 옛사람이
오늘 또 옛사람 된 나와 함께

이 밤에
추억의 계단에 앉아
내일을 기다린다

수많은 옛사람들이 날마다 쌓이고
매일 새로 태어난 내가
걸어 나오는 하늘 공간

하루 한 번씩 하늘에 올려보냈다가

처음인 듯 새로워진 나를 찾아내어 가는
탄생 성지(聖地)

한편에는
바른 사람을 키우겠다던 책들이
폐점한 서점 서가(書架)에서처럼 드러누워

매 순간 새로워졌다며 나서는 나를
반쯤 근심스레 배웅하고

아이의 알파벳 연습 공책과
원시인 벽화 닮은 엄마
두 팔 벌린 그림 속에

아이의 유년이 보석으로 압축되어

기억의 창파에 배 띄우니

천창으로 쏟아져 들어온 별이
강으로 흐른다

옛사람이 된 나와

보석이 된 아이 유년이

천창에 담긴 별의 강을 따라
우주를 헤엄치다 돌아와

허튼 것 하나 없이 깊수름하게[1]
매일매일 일생일대 대매[2]를 겨루러
다락을 내려선다

---

1 생각이 은근히 듬쑥하고 신중하게
2 승부를 마지막으로 결정하는 일

엄마는 별이 되어

엄마는 죽지 않는 줄 알았다
엄마를 맘껏 미워해도 되는 줄 알았다
엄마를 미워하는 것이 자식의 권리인 줄 알았다

엄마라는 대해(大海)에 얼마든 돌멩이 던졌다

일곱 자식을 키우고
기진해 홀로 요양원에서
마지막 숨 내쉬던 순간
엄마는 자신이 떠나왔던 별을 보셨을까

지금 내가 보는 별이 엄마가 떠나오신 그 별일까

온 우주 녹여
엄마의 한(恨)을 다독였어야 할 이별의 그때
자식들은 어떤 것에 한눈을 팔고 있었을까

자식들에게는 신(神)인 그들이
그렇게 가실 연약한 생명인 것을 몰랐던 무지

별의 얘기를 듣고서야
그것이 이기심이었다고 목이 멘다

카시오페이아 대열을 흩뜨리지 않고도
밤 비행기는 속도 내어 움직이는 별인 양
제 궤적을 따라 멀어지고

또 다른 비행기
우리네 생명처럼 반짝이다 사라져 간다

하늘 마당에
자꾸 별들이 모여들고

엄마는 그 별들에게 숱한 말을
평생 아무도 들어주지 않았던 말들을 쏟아낸다

결코 잘라 낸 적 없는 자식들의 탯줄을
별에 꿰어 쥐고서

별똥별을 따라 타서 사라질 말을
이 별 저 별에 걸어놓으며

자식들 가슴에 불멸의 별로 반짝이신다

그분들의 비

팔색조 세상에
비 내리시네

환영(幻影)으로 만들어진 세상
다 잊으라며

회색 장막 펼쳐
만 가지 색 지우며
뿌리는 비

굽이굽이 마음 길
구석구석 뒤져
남은 한 점 색까지 지워

몽롱한 꿈인 듯
비안개 속
어제가 이미 아득하고

하마

내일로 발 디딜 용기 내기 버거운데

천지에 뿌리는 비
육신 가진 것들을 여지없이 삼키고

몸 가진 것들의 허약함
본향 찾아 먼 곳 더듬는
마음만 처연해

본향이 다른 곳일 리 없어
내 나온 곳
그분들께 돌아가자 하니

이미 육탈되어 골수만 남겨져
이 빗소리 뼈까지 발라내
강물 소리로 듣고 계실 부모님

강물로 합쳐져
함께 바다로 나아가라고
함께 출렁이다 손잡고 하늘로 오르라고

퍼붓는 빗소리 아득하구나

기 도

잠 덜 깬 새벽이 홀로 듣는
기도는 명징(明澄)하다

어슴한 빛과 어둠을 버무려 섞기 시작한
공기에 젖어
한껏 무거워진 기도

달빛 끝자락 쥐고 우주에 닿고자 하는데

어둠 희롱하며 노니는 달빛
무심히 교교(皎皎)하다

우주를 차게 응시하는 의식이 되 읊는
기도의 깊은 울림

이윽고 달빛을 흔들고

앞산과 먼 산 사이

흐르기를 멈춘 하이얀 강으로
순결하게 잠들었던 구름이

새벽 기도로 한결 정숙해진 잠자리 걷고 깨어나
그네에 앉아 흔들릴 햇살을 기다리는 시각

부서질 몸에 살아남을 혼(魂)마저 없다면
끝내 답을 얻어내지 못한 채 이어지는 생명들은
얼마나 무모한가

높고 거친 산 뒤
세상에 홀로 남겨질 생명이라도 있는 듯
이어지는 기도는 간절하다

어제 드린 참회기도
눈물 섞인 강 되어
부모님 누운 곳으로 흐르고

이 새벽
천형이라도 받은 듯 아프게 드린 기도
아직 곤히 잠들어 있을
아이 머리맡에 가 맴돈다

바 람

바람이 거센 것은 오랜만입니다

거센 것이 무섭지 않고 살갑습니다
차가운 것이 선뜻하지 않고 청량합니다

웃지도 않고 그저 거기
삶의 무게 들고 서 계시던 당신들

오늘은 무엇을 드시고
어디를 다녀오셨나요

바람결에 나들이가 더 쉬웠겠습니다

이제 당신들이 바람이 되어
바람 소리 내며
바람으로 우리 곁을 설렁거립니다

어찌 한결같이 그렇게

육신이 한 꺼풀 껍데기라고
말 없는 말들 하시는지요

그대들 현존에 온전히 무심했음에
스스로 가슴 후벼 파도록

눈썰미 좋지 않은 내가 다 알아보도록
사무치게 그렇게

비어있음으로 그리움을 가르치고
비어있음으로 도처에 넘실대시나요

버쩍 말라 겅중대는 걸음 걸으며
그저 몇 집 건너 남정네로 살았던 그대들
자신은 어딘가 구겨 감추고
자식 뒤로 남편 뒤로 종종 걸음하며
그저 옆집 사는 여인네로 살았던 그대들

그토록 찾아다니던 또 다른 나였음을

죽음의 심연이 가져온 별리(別離)가 아니었던들 몰랐을
이 어리석음을 바람이 후려치네요

어둠이 돌연
고요히 무릎 꿇고 함께 흐느낍니다

아, 죽음의 프리즘에 비치는 그대 눈자위들

이미 그리도 사랑스럽고 숭엄한데
우리는 왜 죽음 후로 용서를 미루는지

차별 없이 한결같은 모습으로
그리 아프게 허약한
저 빛나는 생명들
왜 깊게 질기게 지금 안아주지 않는지

도로에 바람이 떨어지고

아무도 줍지 않은 채
밤이 되어
늦은 귀갓길 발에 채이기라도 하겠습니다

이제 바람 한 조각이라도 주워 올립니다

가슴에 뛰어드는 바람인 것을
알았으니까요

달빛으로
실을 자아

펴 낸 날   2023년 09월 25일

지 은 이   세화
펴 낸 이   이기성
편집팀장   이윤숙
기획편집   서해주, 윤가영, 이지희
표지디자인 서해주
책임마케팅 강보현, 김성욱
펴 낸 곳   도서출판 수밀원
출판등록   제 2023-000016호
주   소   강원특별자치도 원주시 우무개로 78-7(우산동)
전   화   070-7779-5904
이 메 일   sumilwon@naver.com

- 책값은 표지 뒷면에 표기되어 있습니다.
  ISBN 979-11-984441-0-3 (03810)